KB215218

청어詩人選 487

권선오 시집

인연으로 만나는 사람들

도서출판
청어

인연으로 만나는 사람들

권선오 지음

발행처   도서출판 청어
발행인   이영철
영업   이동호
홍보   천성래
기획   육재섭
편집   이설빈
디자인   이수빈 | 구유림
제작이사 공병한
인쇄   두리터

등록   1999년 5월 3일
          (제321-3210000251001999000063호)

1판 1쇄 발행 2025년 6월 10일

주소   서울특별시 서초구 남부순환로 364길 8-15 동일빌딩 2층
대표전화 02-586-0477
팩시밀리 0303-0942-0478
홈페이지 www.chungeobook.com
E-mail   ppi20@hanmail.net

ISBN   979-11-6855-347-7(03810)

본 사업은 양산시에서 사업비 일부를 지원받았습니다.

인연으로 만나는 사람들

권선오 시집

인연(因緣)

사람은 태어나는 순간 인연을 만나고 성장해가면서 다른 모든 존재와도 인연으로 만나는 관계 속에서 짧은 인연으로 스쳐가는 사람, 오랜 시간 함께하는 인연, 기억 속에 지우고 남기고 싶은 사람… 그 모든 만남은 나의 삶에 아픔일 수도, 기쁨일 수도, 슬픔일 수도 있는 작고 사소하고 외로운 모든 것들이 모이고 떠나면서 만들어지는 나의 일부분이며 의미 있는 흔적이 아닐까 생각합니다. 누구나 인생을 살면서 인연은 우연처럼 찾아오기도 하고 때로는 우연을 가장한 필연처럼 다가옵니다.

나와 함께 보내는 가족, 친구, 연인, 동료들도 뜻밖의 우연으로 시작되었고 만남과 헤어짐이 반복되는 사람과 사람 사이의 맺어지는 인연 속에서 우리는 때로 삶을 바꾸는 힘을 가집니다.

사람은 혼자 살아갈 수 없기에 서로서로 존중하고 서로에게 의지하며 친구 간에 우정과 연인 사이에 사랑, 가족 간의 사랑의 감정이 오가는 그 순간순간이 우리를 더 인간답게 만듭니다. 그러한 사회 속에서 삶과 죽음이 정해지지 않는 우리의 삶을 살아가기에 우리의 삶이 더 소중하게 느껴지는 것은 아닌지 생각합니다. 또 죽음은 끝이 아니라, 누군가의 기억 속에서 새로운 의미로 살아가는 또 다른 시작이기도 합니다. 삶과 죽음은 누구도 피할 수 없는 여정의 두 끝이지만, 그 사이에 만남과 이별이 존재하여, 우리는 울고 웃으며 사람을 기억하게 됩니다.

모든 만남에는 언젠가 이별이 따르기에, 함께하는 순간이 더욱 값지고 소중한 것입니다. 있을 때 잘하라는 말처럼 지금 내 주변에 있는 모든 이에게 사랑하고 행복을 전해주는 인생을 살아갑니다. 이별은 슬프지만, 그 속에서도 우리는 사랑하고, 성장하고, 다시 누군가를 만날 준비를 합니다.

결국 사람이라는 존재가 살아가는 이유와 사회생활 안에서 겪는 희로애락의 사소한 모든 것들을 표현하고 싶은 마음으로 한 조각씩 시편들을 모아보았습니다.

차례

2부 아름다운 동행

3부   정답 없는 사랑

4부 억새

5부 인생 졸업

1부

오늘을 살자

어제는 흘러갔지만
다가오는 내일은
내 손에 이루어지니

우리가 사랑하는 순간
새 생명의 시작이고
살아가는 처음이다

인생이란

헤어져도 인연이면
살아가는 일상 속
어디 서든 다시 만날 것이고

만날 수 없는 인연이라면
같은 길을 걸어가도
서로 다른 방향을 보고
엇갈린 삶을 살아갈 것이다

만날 수 없음을 알면서도
기약 없이 그 자리를 지키며
살아가는 것 또한 인생이 아닌가

관심

마음 한구석에서 피어나는
작은 관심
수줍어 건넨 한마디
진심을 알았을 때

무심코 던진 한마디도
사랑스럽고 이쁘기만 한
그 사람을 오늘 만나러 갑니다

관심이 마음을 움직이고
익숙한 대화를 주고받으면서
서로에게 정이 들고
사랑이라는 울타리에 갇혀
익숙해진 사랑
영원할 거 같은 시간 속
작은 무관심을 키우고
작은 아픔이
슬픔으로 추억되며 기억 속에서 지워져 갈 때
다른 만남으로 치유되는
사랑은 관심의 연속인가

사랑해

안개 자욱한 겨울 아침
주머니에 손잡고
입김 불며 온 정을 나누던
가슴 따뜻한 사람

비 내리고 안개 자욱한
골짜기 도로를 달리니
차창 넘어 들어오는 바람에

그 사람 향기 그리워
창가에 입김 불어
그 얼굴 그려보고

잊힐까 이름 석 자
사랑해라고 적어본다

그 사람 떠올려 생각하면
살아있음에 감사함을
느낀다

취미

나는 별난 취미를 가지고 있지
내 기억 속에 너를 생각하는
재미있는 일이기도 하지만

현실은 허공에 흘려보낸 너로 인해
보지 못하는 아쉬움에 흥미도 잃고
모든 일에 허무함을 느끼는 그런 일

너는 살아가면서 기억 속에
내가 자리하고 있는지 모르지만
난 별난 취미를 공유하고 싶어
서로의 안부를 물어볼 수 있게

미련

홀러간 추억을 간직하며
그 속에 머물러 사는 것은

떠나버린 사랑에 울고
그 사랑도
힘들다는 그 소식에

미련을 버리지 못한
사랑으로 한 번 더
일어설 수 없는 사랑에
무너지는 마음이 아닐까

아름다운 길

혼자 걸어가던 길
외롭고 힘들었지만

가는 길에 만났던
그대와 함께
손잡고 같은 방향을 향해
걷고 배웅하며 기다리던
아름다운 길

그대와 손 마주 잡고
가던 이 길이 가장 행복한 길이었음을

떠나간 당신으로

언제나 내 곁에
친구가 있고
마음 달래줄 술이 있었다
사랑도 있었으며
눈물도 있고
그리움에 아픔도 있었네
사랑을 들고 도망간
당신으로
멀어져 가는 내 마음의
당신으로
오늘도 아무것도 할 수
없는 초라한 나 자신을 보며
빈 소주잔 기울여본다

마음의 길

살아가는 여정 속
보이지 않는 길로 인해
답답함을 느낄 때가 있다

어둠으로 멈추어 있을 뿐
기다리면 보일 것이니

밤새 내린 어둠으로
세상이 닫힌 게 아니라
그 자리에 때를 기다리고 있을 뿐

깨어나는 새벽과 함께
길은 언제나 내 마음속에
열려있다

희망

아름다운 꽃은
아픔 속에 꽃을 피웠으리
가시 속에 피워낸 장미처럼
아름다운 사랑도
아픔을 이겨내고 고귀한
사랑을 피웠으리

비바람 속
거센 바람에 흔들려도
내일을 위한 고통을 이겨내고
피어나는 꽃

흔들리는 세상 속에서도
희망을 보고 인내하듯
눈물로 얼룩진 인생 속
유혹 속에 흔들리지 않고
내일을 위한 오늘에 최선을

그리운 이여

나무 끝 맺힌 물방울
내 머리를 때릴 때
화들짝 놀라 자신을 깨운다

안갯속 숨겨진 세상 끝
너를 생각하며
파란 하늘 열리기를
오늘도 기도한다
맑은 웃음 속 피어나던
당신의 얼굴이 그립기에

너의 얼굴 사진 속에
보고 있으면
나의 가슴은 따뜻해지고
너의 철 지난 옷소매 속에
나의 가슴은 춤을 춘다

친구

오래 보지 못한
친구가 있었다
오래 보고 싶은
친구가 있었다
바람 따라 들려온
고마운 친구 소식
그것 하나만으로도 충분히
마음 따뜻해지는 하루

한 번뿐인

내 살아온 날보다
내 살아갈 날이 얼마인지
살아온 청춘을 돌려보고
여생을 더듬어본다

내 불같은 젊은 사랑
희미해지는 청춘 속
사랑이 얼마나 남았는지
남은 황혼의 주름을 헤아려본다

남은 시간이 얼마인지 몰라도
바닥의 심지까지
불태워버리는 촛불을 보고

나의 생도 한 번뿐이라
아름답게 살다 가고 싶다

위로

텅 빈 객석에 홀로 앉아
있을 때

무대를 향해 소리치고
싶을 때

무대에 올라 소리쳐
울고 싶을 때
호탕하게 웃고 싶을 때

아련했던 어린 시절
추억의 한 공간

이제는 혼자 소리쳐본다
꿈은 꿈으로 행복하다고
산책로를 걸어가며
나 자신을 위로한다

시간 1

우리가 언제 만났던 적이 있나요
기억 속에조차 희미해진 내 사랑

서로를 먼저 챙겨주고
아픔도 서로 나누어 주며
서로가 믿어주고 함께이던
행복했던 시절도 있었는데

우리가 언제 헤어지기라도 했었는지
스쳐가는 바람에 날려본다
언제나 그 자리에 있는 소중한 사랑

별은 너와 함께

그 별은 어디로 갔나

어두워진 밤길 걷다
내 곁을 함께 하던 별 하나
있어야 할 자리에서
길을 잃고 헤매지 않는지

나 자신이
어둠 속에 길을 잃고 헤매어도
빛나던 별이
구름과 비바람에 길을 잃어도

별은 언제나 그 자리에
나를 내려다보고 있다
낮이 가고 밤이 오면
너를 향해 언제나 밝게
빛나고 있음을 알아라

언제나 보아왔던 그곳에

봄 소식

겨울을 밀어내고
봄 마중 나간
아지랑이 흔들려
개울가로 흘려보낸다

연보라 진달래 향기
노오란 개나리 향내에
코끝으로 전해오는
싱그럽고 탐스러운 봄바람
잎새는 춤을 추고
얼어붙은 대지 봄비 속에
피어난 싱그러운 봄
계곡물 소리 장단 맞추고
무르익은 노을 속에
봄은 그렇게 춤을 추네

산사에서

고요한 산사의 밤
간간이 들려오는
풍경소리 풀벌레 소리만
정적을 깨우고
촘촘히 빛나던 별빛과
잠을 이루지 못한 노승은
새벽을 여는 목탁 소리에
고달픈 맑은 영혼을 달래고
가슴 깊이 울려 퍼지는 기쁨에
창문 열어 아침을 맞는다
밤새 졸고 기도하던 나도
영혼의 소리에 기대어
내 마음의 소리를 부탁한다

숲의 마음

바람은 구름을 태워
산등성이 고개고개를 넘어간다

숲은
휘감고 불어오는 바람과
님을 품은 듯 흘러가는 구름을
모두 품에 안았다

저마다 다른 나무들은
향기를 품고
서로의 자리에 충실하다

누구에게나 열린 산
누구에게나 있는 마음의 숲
산의 부름에
발걸음을 재촉한다
어서 와 고운 향기 담고
건강하게 살아보자고

안부

잘 지내니
소식 뜸한 친구에게
안부를 물었다
그래 잘 지내지 하는
영혼 없는 대답에
언제 밥 한번 먹자 하고
다시 안부를 전했다
그러자 친구가 답한다
그래 좋지 언제 시간 되면
밥도 먹고 인생주 한잔하자고
그러나 아무도 모른다
그 언젠가가 언제인지를

술

술은 나의 친구이자 적이다
술은 가끔 나를 바보로 만든다
술은 사랑고백할 수 있는 용기를 준다
술은 지나치면 나를 힘들게 한다
술은 나에게 벗이 되고
아픔을 주는 적과도 같다
가끔 삶의 고단함에
난 적과의 동침을
마다 않고 즐기고 있다

그리움

그리움이 물든
서녘 노을 하늘

노을빛 속
강물에 한 마리 새

물살에 날갯짓하며
울어도 그대 향한
흔들리는 그리움
지울 수 없네

그대 내 곁에
있어도
그리움만 남는다

오늘을 살자

하루를 살더라도
천년처럼 살고

어제는 흘러갔지만
다가오는 내일은
내 손에 이루어지니

우리가 사랑하는 순간
새 생명의 시작이고
살아가는 처음이다

마지막 사랑인 듯
열정적으로 살고
천년 같은 오늘을 살자

봄비

봄비 내린 아침
어제의 미세먼지
말끔히 씻겨내고
자목련 봉오리
입 벌리려 애쓰고
매화꽃 숨겨둔
하얀 속살에
함박웃음 피우고
미세먼지 답답한
어제의 시간은
꽃바람 속에 향기
가득 취하고 밝아진 세상에
나도 몰래
어깨춤을 추네

26

기가 막힌다
26이란 숫자를
생각한 오늘이
10월 26일
홀로 지내온
26
함께 지내온
26
아쉬움이 남는
26
홀로 삼켜야 할
시간

육신의 고단함이
내 어깨를 짓누르고
지나온 시간
흐려지는 눈동자
고달픔에 오늘도
눈물을 삼킨다
26이란 수와 함께

노란 우산

마음의 거리는 손바닥 한 뼘
육체의 거리는 천 리라네
비를 맞고 걸어가는 사람
마음은 벌써 사랑하는 이
가슴에 닿아 있는 듯
젖어도 좋고 마냥 좋은
사랑하는 님에게로 간다
하늘에는 무지개 피어나고
아파트 산책로
엄마 손잡고 가는 아이의
노란 우산은 웃고 있네
행복은 마음으로 간다고

쉼터

화물차의 타이어는
달구어진 길 위로
무거운 세상을 업고
힘든 내색 없이
자신의 몸뚱이를
바친다
스스로 움직일 수 없어도
맡은 일 충실히 하는 당신
온 힘을 다 바쳐
자신을 내려놓고
뜨거운 길 위에 열정을
쏟는 당신에게 박수를 보낸다
쉼 없이 달린 당신에게
휴게소는 여유를 주고
세상사 써 내려간다

2부

아름다운 동행

서로의 사랑으로
우리의 인생길
행복하고 아름답게 살아가는
사람이기를 기원합니다

너를 알고

너를 알고 지내온 시간
하루하루 흘러
일 년이란 시간이 지났네

레코드 가게 앞
흘러나오는 음악에
리듬을 타고 서로의
눈 마주침에 웃음을 지으며
시작된 우리의 만남

매일매일 반복되던
우리의 만남은
날마다 만나고 곁에
있어도 보고 싶은 너

하루를 보지 못하면
숨이 멎을 듯
가슴을 죄여오고
그 시간이 일 년이 지나간 듯
아쉬움에 그리움을 보태어
눈물로 보내던 날들

우리 만나서
매 순간순간
웃으며 살자
마음이 가는 대로
우리 그렇게 살자

한 사람

내리는 비를 보며
생각한다

내가 비에 젖어
걸어갈 때
우산을 씌워 줄 사람
슬픈 음악에 눈물 흘릴 때
눈물을 닦아주기보다
함께 울며 마음을 나누어줄
사람
나에게 단 한 사람이라도
있다면 세상은 살만하다고
내리는 비를 맞아도
외롭지 않을 듯하다

기적

힘들어
주저앉아 있을 때
당신의 작은 미소
위로가 되고

작은 관심이
희망을 주고
용기를 주며
작은 기적을
이루어냅니다
무수히 많은
기적이 쌓여

내일을 위한
희망으로
오늘을 살아갑니다

희망 2

작은 마당
작은 나무 한 그루 심고
희망이란
이름도 지어주었다

나무는 사랑 속에서
희망을 주고
아름다운 꽃을 피우고
열매를 주며
모든 것을 내어주었다

해맑게 웃는
내 아이들을 위해
베푸는 나무와 같이
아름다운 꿈을 꾸며
행복한 내일을 위해

소소한 나의 희망 속에서
무한한 사랑 주며 살고 싶다

새로운 출발

날씨도 화창하고
세차 지수도 좋아
나의 애마를 씻기고자 한다

계속되는 비 속에
쌓여가는 먼지를 털고
구석구석 두껍게
쌓인 세월의 흔적들

겨울을 이겨내고
꽃 피는 봄을 기다리는
마음으로

씻고 또 씻어내어
아름다운 여행을
떠나고자 한다

햇살 눈 부신 어느 날

햇살이 좋은 날
그대는 노래하고
나를 깨우던 그때

창문 너머 푸른 하늘
흘러가는 구름 한 점
내 마음을 실어 보낸다

불러도 대답 없는
님 계신 그곳
데려가 달라고

허공에다
그 이름 적어봐도
지워지고
채워지지 않는
내 마음을 실어 보낸다

집

당신은 나의 집이다
일상을 마치고 들어가면
고생했다 안아주고

고단한 하루를 다독여주며
푸짐한 밥상을 주는
당신은 나의 집이다

세상사 고독하다 느껴도
따뜻하게 감싸주며
눈물 닦아주는
당신은 나의 집이다

힘들어 지쳐 걸어가는 길
어깨를 내어주며
함께 마음속으로 위로해 주고
힘을 주는 당신은 나의 집이다

순백의 사랑

여리디 고운 얼굴은
하얀 눈 속 피어난 매화이고
곱디고운 뽀얀 피부는
햇살 받은 솜털구름이구나
가냘픈 손가락 보노라니
내밀어 잡아주고 싶은
고운 사랑이라네

그대의 미모는
아름다움을 부끄럽게 하고
그대의 마음은
천사의 마음을 닮아있고
그대와 만남은
세상 속 아름다움 눈뜨게 하고
그대와 이별은
추억을 품고 행복을 노래하는
진실한 사랑을 보여주네요

그대의 이름을 부르면
날아가 사라질까
내 가슴에 묻어둡니다

그대는 깃털처럼
살포시 간직하고픈
사랑이라서

인연 하나

나
너
그리고
우리

인연은 그렇게
시작되었다

한 사람의 사랑으로
행복 속에 살고 있는
인연

인연은 그렇게
너와 나의
마음속에 꽃을
피웠다

사랑이라는 이름으로
인연을 소중히 여기고
사랑으로 살아가며
당신과 함께 영원히
기억하고 살아가렵니다

당신과의 인연은
특별한 선물이니깐요

인연 두울

당신의 빈자리
내 심장 터질 듯
아픔으로 오니
심장은
내 것이 아닌가 봅니다

당신의 빈자리
크게 다가옴은
당신은 나의
행복한 보석임을
빛을 잃은 마음이
무너져 내리네요

내 마음
이미
당신의 것이었음을
이제야 느껴봅니다

인연 셋

우리의 인연은
끝없는 기차여행 중
철길은 평행선
만날 수 없음이 아니라
이미 버팀목으로
인연인 것을
아름다운 여정 속
쉬어가는 간이역
우리 사랑도
쉼표를 두고 돌아보며
앞날의 행복을 위해
당신과 잡은 손
더 꼬옥 잡고
서로의 버팀목이 되어
고운 인연으로
살아가렵니다

인연 넷

흐르는 물처럼
다시 오는 인연

뜨고 지는 태양
뜨거운 청춘으로
내 마음 불태우고
붉게 물든 노을
내 가슴에
황홀함으로 다가오며

반짝이는 별들
피어나는 사랑 위해
어둠에 빛을 열고

진주를 품은 조개
오랜 시간 인연을
기억하게 하며

다시 오는 인연
나로 인해
당신으로 인해
아름다움이 피어나는
우리의 순수하고 고운
인연이 아닐까 합니다

인연 다섯

당신은 이 세상
최고의 선물
나의 인생 여행 동반자

당신은 눈 부신 햇살
나는 당신의 그림자

나는
당신의 영원한 사랑이고 싶습니다
나는
당신의 행복이었으면 좋겠습니다

사랑합니다
인연이 이어준 선물
고맙습니다
인연으로 만난 선물
존중합니다
인연으로 고운 선물

선물로
내 곁에 온
유일한 사랑이고
나의 수호천사입니다

인연 여섯

다시 오지 않을
내 생애
당신을 만난 건
운명입니다
내 가슴속 사랑 불 피워
맑은 영혼을 꿈꾸게 하고
당신과 함께한 시간들
언제나 행복하였고
아름답기만 하였죠
언제나 나를 위한
당신의 배려 속
모든 것이 꿈을 꾸듯
행복하였습니다
당신과의 소중한 만남을
추억하겠습니다
시간 지나
다시 만나는 날 오면
당신을 혼자 보내지 않을게요
그땐 우리 함께 인생 여행을 떠나요
이 생애 이어진 찰나의 인연을

인연 일곱

처음이라
더
오랜 시간 기억에
남아 있는 듯합니다
순수하게
지내온 날들
새색시 마냥
부끄러워하기도
새신랑의
부드러운 카리스마 같은
그 모든 것들이
아름다운 스토리
되었네요
한 걸음 한 걸음
함께 손잡고
행복 위해 걸어온 길
사랑으로 인연을
다 하고자 합니다
헤어짐 또한 아픈
사랑이니깐요
아파하는 사랑보다

위해주는 사랑으로
인연을 맺은 인연이길
바라봅니다

인연 여덟

봄이 오듯
당신이 사랑 노래 함께
다가왔네요
여름의 뜨거움 함께
정열의 사랑을 안고
다가왔네요
가을의 고운 노을처럼
우리 사랑 넘치도록
행복한 시간 만들어
다가왔네요
겨울의 하얀 눈꽃 함께
노년의 삶의 꽃
아름답게 피우려고
다가오고 다가와 있네요
우리의
아름다운 인연을 위해
사랑하리오 우리 인연
사랑합니다 인연인 당신이라
행복합니다 당신의 인연이라

기억

바다가 보이는 창 너머
노을을 품은 제주 바다
그리운 님도 품었구나

묻어둔 사랑 수평선 너머
아련히 떠오르고

붉은 노을 속
뜨거운 사랑 피어나며
어제의 당신이
내일의 당신으로
기억되길 바랍니다

추억의 당신으로
행복한 당신으로
내 가슴에 묻고
내일을 위한
오늘을 살아가렵니다

그대에게 가는 길

구름 타고
바람에 스치는 향기가
당신이길 바라봅니다

꽃길을 뿌려놓은 듯
향기로운 들꽃 사이로
그대에게 달려가는 걸음

그대에게 가는 길
외롭지 않게
어디선가 날아온
노랑나비 한 마리
함께합니다

그대에게 가는 걸음
첫사랑 떨림 같은
그리움을 안고
둥둥 떠다니는 구름에
내 마음도 띄워봅니다

해와 달

내 사랑의 태양은
아침에 수평선을 태우고
푸른 바다를 빨갛게 태운다

내 열정의 태양은
저녁에 지평선을 태우고
푸른 하늘을 빨갛게 태운다

그대의 반짝이는 별빛은
내 아픔에 슬픔을 태우고
내 가슴에 웃음을 준다

그대의 고운 달빛은
내 어둠에 그림자 지우고
내 얼굴에 희망을 준다

그대의 사랑으로
행복을 꿈꾸는 나

바람과 구름

내 마음 스쳐
가는 바람 막지 말고
그냥 두겠습니다

그리워하는 마음
전해지게

내 눈동자 스쳐
흘러가는 구름
그냥 두겠습니다

애타게
보고 싶은 마음
보이게

흘러가는 바람과 구름에
님 향한 내 향기
세월 지나 전해지겠지요

그리운 이를 생각하며

홀로 두고 온 사랑

어린 나이에
일찍
혼자되는 외로움을
새벽별 올려보며 그리워했을
고향의 밤
홀로 살아가는 법을
가르쳐주는 것도
홀로 남겨지는 법을
배운 적도 없는데
그 고뇌의 연속
마음이 아파옵니다
따끈한 밥 한 끼 함께
할 수 없는 아침에
오늘도
고개 숙여 마음으로
흐느껴 우는 내 사랑이여
얼마나 힘들까
홀로 견뎌야 하는 현실
얼마나 무서울까
곁에서 손잡아 주지 못해서
하지만 내가 전하는 사랑은

언제나 당신 편이고
당신에게 주고 주어도
부족할 뿐인 사랑입니다
하나뿐인 내 사랑
당신을 응원합니다

아름다운 동행

당신의 미소에
아름다운 인생을 살아가는
나는 행복한 사람입니다

나의 사랑으로
당신의
아름다운 인생길 함께 가는
좋은 사람이고 싶습니다

서로의 사랑으로
우리의 인생길
행복하고 아름답게 살아가는
사람이기를 기원합니다

사랑으로 만든 가족

세상으로 널 초대하며
널 만나는 행복한 시간 속
기쁨과 사랑과 행복으로
하루하루를 보내고
기다리는 시간은 길고도
길게만 느껴졌는데
태어나 처음 만난 가족
많은 사랑 받으려고
소중하고 귀한 존재로 찾아왔구나

네가 우리 가족으로
만나서 정말 좋구나
아픔과 시련은 성장통일 뿐
우리 가족 서로 많이 많이
사랑하고 살아가라는 뜻인가 보다

이별 아닌 사랑

집에 가자 말하니
행복한 얼굴로
나에게 웃음을 주고
마음 따뜻한 내 사랑

차디찬 냉동고 안에서
얼마나 추웠겠니
불타는 용광로 안에서
얼마나 뜨거웠겠니

입이 있어도
말 못 하고
마음으로 울고
소리쳤을 내 사랑

다시는 따뜻한
손잡아 줄 수 없는
지금 이 순간
눈물이 흐른다
슬퍼도 당신만큼
괴롭지 않을 거니깐
아파도 당신만큼
고통스럽지는 않을 테니까

이제는 추억으로 살아가는
내 사랑과
이별 아닌 이별을 합니다
사랑한다 고백하고서는

인연

널 만나면
내 심장은 따뜻하고
널 만나면
내 마음은 행복하다
널 두고 온
걸음은 무겁고
마음은 아프다
사랑은 함께 숨 쉬는 자유
이별은 홀로 남겨진 지옥
시간을 붙잡아 멈추면
행복한 꿈을 꾸지만
아직은 사랑이 그립다
지금도 부족한 사랑
널 만나 고백할 거다
아직도 뜨거운 내 마음
너의 사랑이 그립다고

당신의 사랑

그리워 불러 봅니다
숨죽여 불러 봅니다

노트에 이름을 적어 봅니다
그리운 이름을 적어 봅니다

반짝이는 별을 봅니다
당신의 눈동자가 그려집니다

바람이 귀를 스치며 갑니다
당신의 숨결을 느껴 봅니다

세상 모든 것이 나에게로 온다 하여도
당신의 사랑만 못합니다

당신의 사랑이 나의 생명이오
세상 살아가는 의미가 됩니다

파도

햇살은 아직
파란 하늘 눈부신데
동쪽 하늘 기세 꺾인
달은 실눈으로 떠 있네

쪽빛 바다
연인의 모래 위 사랑의 서약
심술궂은 파도의 질투인가

사랑해 두 글자
거품 알갱이 지워내고
부서진 파도의 서글픈 울음

바다는 자비를 베푼다

계절

눈부시게 햇살이 곱다
마음이 따뜻해진다

오고 가는 사람들 발걸음
활기차게 고운 리듬을 타네

구름 한 점 없는 청아한 하늘
그 품에 내 몸을 맡기고
넓은 세상을 바라본다

발길에 차이는 낙엽
계절을 실감하고
한 살 더 먹는 나이를 실감한다

풍경 있는 찻집에서

햇살에 반짝이는 호수를 바라보며
고운 내 님 얼굴 그려보네
마주하고 앉아 있어도 그리움을
찻잔 속에 녹여보네

찻집 기둥마다 빼곡히 적힌
사랑의 언약들…
그 흔적들 사이로 미로 찾기 게임처럼
두 눈을 크게 뜨고 발견한 빈자리…

아무도 알 수 없는
둘만 아는 사랑의 표식을
기둥 모서리 한 페이지 채워 넣었다

마주 보는 얼굴에서는
미소가 번지고
서로의 손잡고 사랑의 약속으로 하나 됨을
세상에 알리고
사랑의 열쇠로 채워 영원히 함께하자고
유리창 너머 반짝이는 햇살을 바라보며
기도한다

아직 식지 않은 커피 향이
입안으로 부드럽고 달콤하게
다가옴은 마음은 이미
둘이 아닌 하나가 된 듯한
행복한 상상을 해 본다

빗방울

소리 없는 아우성으로
어둠의 침묵을 깨고

갈라진 대지에 희망의 싹을 틔우시고
한낮의 뜨거운 삼복더위
훔쳐 내시는 님은 은인이십니다

님이 건네는 작은 이슬이 모여
논두렁 밭두렁에 활력이 넘쳐나고

만물이 생명을 잉태하여
우리 딸 예쁜 색동옷 좋은 옷 사주셨고
우리 부모님 손에 용돈도 쥐여주셨고
장래를 위한 삶의 희망을 주신 님은 은인이십니다

님은
세상에 없어서는 안 될
생명수입니다

3부

정답 없는 사랑

사랑은 수학공식의 계산처럼
계산하는 것이 아님을
사랑은 영어의 알파벳처럼
외우면 되는 것이 아님을

눈앞에 펼쳐진 사랑을 보고
정답 없는 정답이
사랑인 것을 알았네

문학

신춘 문학이 내 삶 속으로 들어왔다
내 생활 일부분이 되었고
매일매일 나의 일상이 되었습니다

곁에 있는 걸로 만족하고
멀어지더라도 외롭지 않은
내 동반자가 되었습니다

보이지 않는 신뢰 속에서
정이 들었나 봅니다
사랑이 꽃을 피웠나 봅니다

문학은 생명입니다
살아가는 이유를 가르쳐줍니다
존재하는 이유를 가르쳐줍니다

죽어가는 영혼을 살리는
문학은 기적입니다
사랑입니다
위대한 사랑이고
다시 오지 않을 힘입니다

가족

어릴 때 아들과 딸은
사랑스럽고 귀여움 넘쳐
사는 순간순간이 행복했고

밥을 먹지 않아도 든든한 아들이고
밥을 먹지 않아도 천사 같은 딸이었네

행복함을 당연시하고
힘든 줄 모르고 지내온 시간 속에서

언제나 함께
끝까지 지켜 주기로 다짐한
그 사랑은 어디 가고 홀로 남겨진
현실은 차갑고 냉정한 얼음 같구나

웃음 잃은 나의 외로움을
나의 보석들로 채워지기를

내 사랑아

당신과의 추억이
바보 같은 눈물로 흐르네요

다시는 잡을 수 없는
당신의 따뜻한 손길을
당신의 사랑의 눈길을

이별로 보내는 마음과
보내지 못한 영혼으로
힘들고 가슴이 찢어진다
묻어둔 사랑이 잊지 못할
기억으로 찾아들고
소중했던 당신과의 추억이
멀어지고 희미해지며
아픔으로 남겨지는
찬 바람 속 당신의
기억을 깨우듯 머리는
멍 때리고 눈물은 흐른다

달아나지 마오
내 하나의 사랑아
잊지 못할 내 사랑아
낮에는 맑은 하늘로
밤에는 빛나는 은하수로
내 곁에 머물러 줘요
사랑아

단풍

미련 두지 말지
지우고 벗어버리면
홀가분한 것을
왜
집착에 빠져있나
놓으면
아무것도 아닌 것을

나무에 매달린 잎새는
떠나야 하는 법
애초에 내 것 같은
내 것이 아닌 것을
잡아두려 애쓰지 말고
미련 없이 보내주자

꽃으로 왔다
단풍이라 가는 당신

동백꽃

붉게 물들어 뜨거운
동백꽃 잎
아름다움 간직한 채
아쉬움에 떨구어지네

동백군락 너와 나
멋 내기 한참인데
하얀 동백은
외로이 순백의 잎을
피워냈구나

인고의 시간 속
희망을 보여준 아름다움에
나의 삶에도
희망의 빛을 보았습니다

아름다움이 영원하길
지는 꽃잎에 눈물을 보고
끝이 있고 시작은 새로운
인생도 그렇게 오고 가네

여정

인생은 긴 여행이다
여정에서 다양한 경험을 하고
수많은 선택의 기로 속에서
행복하게 살 수만은 없으니

언제나 행복하기를 바라보고
지금이 가장 행복한 시간임을
감사하며 살자

인생에서 가장 중요한 시기는
바로 지금이다
언제나 현재에 충실하고
감사하며 즐기는 거

여유

비 온다고 이른 아침
집안 정리 먼지 털고
마음의 먼지도 비우고
흔들의자 기대어
마시는 커피의 진한 여유 속

창문에 부딪히는 빗소리
바보같이 지나간 시간
보내지 못하는 나를 깨워
찾아올 봄 향기 기다리며
빗소리에 담아
흘려보낸다

겨울비 그치고
맑은 하늘 아래서
맑은 영혼을 키워야겠다
내 삶은 아름답다고

세월

벌거벗은 나뭇가지
부러질 듯 연약한 가지는
기운 없는 내 팔다리 같고
초라하게
늙어가는 내 모습 보는 듯하다

조그만 바람에 힘겹게
버티는 마지막 잎새의 모습이
넘어지고 일어나는
내 무릎 통증 같고
위태로워 보이기만 하다

오면 가는 세월이지만
장사 없다는 세월 속에서
아픔 없이 웃음만 안고
살고 싶은 마음에 눈웃음만 보낸다

시간 2

세상천지 공평하게
주어지는 기회의 시간

나의 생명 같은
소중한 시간
나를 위해
마음껏 투자하자

목숨 같은
내 아까운 시간을
영혼 없는 이를 위한
바보 같은 짓을
하지 말자

나에게 주어진
시간은 기다려주지 않는다
소중한 내 시간을
바람처럼 보내지 말고
내 인생의 행복을 위해
아낌없이 쓰고 보내주자

그리움이

당신으로 힘이 되고
기운이 납니다
당신으로 다시 태어나
세상 살아가는 행복입니다

사랑은 가슴으로 다가와
마음 주고 정 주고
함께 가는 시간인 것을

아름다운 내 사랑은
가다 지쳐 놓아버렸네요

차가운 바람 부는 날이면
다정하게 손잡고 거닐던
그 사람 손길이 그립습니다

그 사람 향기를
잡으려고 손 내밀어도
허공에 손짓만 그리고

주저앉은 마음에
눈물이 나며
기다림 속 아름다운 그 사람
애타게
그리움만 가득 머물다 갑니다

입맞춤

머리 두른 수건
흘린 땀 훔쳐내고

일편단심 님은
내 사랑 훔쳐내고

훔쳐 간 내 마음
님의 마음 녹아드네

반짝이는 햇살 아래
미소 구름 사이 걸린
일곱 빛 무지개
내 사랑의 징검다리

만나고 왔다네
사랑가 타령 장단 맞추어

붉게 물든 석류 터질 듯
뜨거운 용암이 녹아내릴 듯
우리 사랑 녹아드네
입맞춤으로

홀로 삶

외로운 사랑이여
외로운 인생은 아닌데

홀로 울부짖는 사람이여
홀로 인생을 맞닥뜨리는 것은 아닌데

울어 눈물 없는 새여
울어 아픈 마음 없어지는 것은 아닌데

산 정상에 올라 한 점이 되듯
수많은 사람들 속 한 점이 되어 버린 나

눈물 없는 마음으로 울고
하늘 구름에 흔들리는 내 마음 띄워보네
두둥실 흘러 내 마음 사랑으로
뿌리내려 아름다운 삶 누려보자

사랑으로

한 사랑으로
한 사람만 사랑하겠습니다
출발선은 달라도
만남은 또 다른 시작을 향하고
만남 자체의 기쁨을 안고
사랑 그 이름으로 행복하고
하나의 꿈을 이루기 위해
서로의 손 맞잡고
같은 방향으로 달려가는
우리는 사랑입니다

서로 다른 꿈을 가지고
이 세상 왔지만
함께 잡은 손으로
우리의 꿈은
사랑이란 이름으로
하나 되었습니다

우연히 스친 만남으로
운명이 되어버린 우리 사랑
내가 그대를 사랑함에
하늘에 고하고 땅에 뿌리내려
진심을 다해 사랑할 것입니다

내가 세상에 나온 것은
당신을 사랑하기 위해
태어난 것이고
당신이 세상에 나온 것도
나를 사랑하기 위해
태어난 것임을

우리의 사랑은
하늘이 맺어준 천년의
길고 긴 사랑의 끈이
결실을 맺은 것뿐이라오
사랑의 끈을 함께 잡고
행복이 주는 끈으로
해가 뜨는 아침을 함께 보고
노을 지는 아름다움을

함께 나누어 가지며
달님이 웃음 지으며
고개 내밀 때 내 사랑도
그대에게만 손 내밀 것이네
밤하늘 별빛은
우리 사랑 빛나게 할 것이며
우리의 사랑 별도
영원히 빛날 것입니다

내가 그대를 사랑함에
식지 않는 생명이 있는 한
그대가 나를 사랑함에
변함없는 손길이 있는 한

우리 사랑은 해와 달이
우주공간에서 함께하듯
우리 사랑도 영원히 함께
할 것입니다

사랑합니다 내 사랑아
사랑합니다 내 사람아

칠순 어머님

어머님 칠순
살아오신 세월만큼
주름진 얼굴

젊디 고왔던 청춘은
모진 한 세상 만나 견디며
유수같이 흘러버린 기간
야속할 만하건만

한 남자의 아내로
세 아이의 엄마로
한 집안의 며느리로
살아오신 어머님

곱디고운 손마디는
굵은 마디만이
곱디고운 피붓결은
온데간데없이
청춘의 아름다움은
주름과 검은 반점이
내려앉아 묻혀버렸네

자동차와 사랑

차량이 오래되었다고
애착이 없어지지 않는다
사랑이 오래되었다고
애정이 깊다고만 할 수 없다

새 차량이 좋을 수도 있고
새 사랑이 좋을 수도 있다

애정이 가는 차량이 있고
애정이 가는 사람이 있네

시간 흘러 함께한다고
사랑이 커지는 것은 아니듯
시간 흘러 노후된 차량일지라도
애착이 없어지는 것이 아니다

사랑도 마지막 사랑으로 남아
함께 하는 것이 좋고
오래된 장맛처럼 깊은 정
쌓고 나누는 것이 좋다

차량도 아끼고 정이 가는 부분이 있다

진심으로 사랑하면 모든 것이 깊어진다

동네 친구

찬바람 불 때면
따끈한 호빵이 생각나듯

친구야 부르면서
어깨를 툭 치던 내 친구

김이 모락모락 피어나는
포장마차 어묵 국물 한 사발 나누고
웃어주던 정 많은
내 친구

매서운 한파 속
홀로 걸음 옮길 때
보고픔에 찾아든 곳

친구의 그림자도 보이질 않고
추억이 새록새록 피어나듯
잘 익은 홍합 국물에서는
그리운 친구의
찐한 우정이 함께 녹아들어
내 마음 따스히 살펴주네

제주도 여행

푸른 바다 숨죽여 고요하고
캄캄한 어둠 속
저 멀리 보이는 오징어 배

힘차게 울려대는 기계음
장단 맞춰 울렁대는 파도 소리

찬란하고 고요한 별빛
빙긋이 웃고 있는 달빛
수줍어 바닷속에 살며시 고개 떨구고

손주의 재롱에 웃음소리
단체여행의 박수 소리
밤바다 바라보는 여행객들
저마다 희망을 안고
찬란한 꿈을 꾸며
여행의 별미를 맛보러 가는구나

나를 깨우고
또 다른 나를 찾아가는 여행은
나의 인생의 큰 선물이다

정답 없는 사랑

인생의 전환점이 되어 준
한 사람을 만나기 전에는

바람 타고 살며시
머물고 있는 사랑이
사랑의 정답으로 받아들였네

막연히 밥 먹고 나이 먹으면
사랑도 커가는 줄 알았네

사랑은 수학공식의 계산처럼
계산하는 것이 아님을
사랑은 영어의 알파벳처럼
외우면 되는 것이 아님을

눈앞에 펼쳐진 사랑을 보고
정답 없는 정답이
사랑인 것을 알았네

한 사람이 내려놓은 사랑
내 사랑으로 커져가는 삶
행복의 미소를 지어본다

우리 아기

아침에 눈을 떠 물끄러미 바라보는
우리 아기 눈동자
한쪽 눈이 아프다고 잠 설치며
늦게 잠든 얼굴에 부스스한 얼굴
큰 눈망울 골짜기에서 흘러내린 눈물 자국
눈꺼풀 무거워 반쯤 감긴 눈

곁에서 아픈 눈 살펴 간호해야 하는데
손잡고 따스한 말 한마디 건네며
보듬어 안아주어야 하거늘
힘든 산행으로 지친 몸 아무것도 해주지 못했네

아기는 이 마음 알고 있을까

보석보다 귀하고 값진 아기 아파하는 걸 볼 때면
사랑하는 사람은 마음으로 아픔을 감추고 있는 것을
대신 아파 낫게 해주고 싶은 마음을
그 아픔 내게로 가져와 아픔을 덜어주면 좋으려만
내 사랑을 마음으로 보여주고 싶다

내 사랑이
태양처럼 뜨거운 사랑이고 바다와 같이 크다는 것을
이 세상 귀한 선물로 내게 온 애기
큰 눈망울에 큰 웃음만이 가득하길

새알 미역국

떨어진 낙엽
바람에 날리는 것을 보면서
세월의 무상함을 날려 보내고 있을 때
누군가의 웃음소리에
오늘 메뉴는 자기가 좋아하는
잡채와 새알 미역국이라고 하면서
식당으로 발길을 옮기는 중이었다

그 소리에 내 육체의 내면에서도
점심시간을 알리는 듯
배꼽시계가 꼬르륵 소리를 울렸다

허기진 배를 안고 식당 안으로 들어서는 순간
눈에 들어온 메뉴판
새알 미역국에 깍두기 잡채 밤밥
난 새알 미역국을 국자로 떠 올리면서
두 알의 새알만 들었다
난 나이를 먹는 것이 싫었다

예전에 어머니가 말씀하셨다
동짓날 팥죽에 새알 먹으라고 하면서
하신 말씀이 새알 한 개 더 먹으면
나이 한 살 먹는 거라고 말이다
어린 나이에 빨리 어른이 되고 싶어
새알을 내 나이보다 몇 개를 더 먹었다
하지만 변함이 없었다

새알은 나이를 먹는 게 아니라
어머니의 자식에 대한 사랑이 있다는 것을
늦게나마 알 수 있었다

지금의 미역국에 담겨 있는 새알도
그런 사랑이 있을까
새알을 한 알 입으로 넣으면서
어머니의 사랑을 먹고 있다고 느껴본다

새로운 사랑

남몰래
찾아든 근심 하나

사랑 가득한 입안
파고든 아픔으로
마음이 흔들리고

비어있는 사랑 조각
온전한 사랑이 아님에
마음이 아파지네

괴로운 나날 속
뽑아버렸네
곪아 터져버린 사랑

집 안 대청소한 듯
마음은 깃털처럼 가벼워지고

고난의 아픔을 딛고
다시 꽃피운 사랑
신선하고 산뜻한 사랑

기쁨과 행복이 가득가득
미소 짓는 순백의 입안

고운 이 드러내고
행복이 샘솟네

사진 속 웃음

내 가슴에 묻어둔
아련한 그대 향기
단풍물 곱게 드니
나를 또 울린다

그대와 마시던 고운 빛깔의
복분자 향
감미로운 그대의 향기 닮았고

만남은 달콤하여 마음 가득 미소 머금고
만남은 서로의 행복을 위해주고
만남은 천진난만 어린아이로 만들어
순수하고 맑은 영혼을 품는다

울긋불긋 단풍
불꽃처럼
붉게 타오르고
낙엽을 태워 피어나는 연기
내 눈가 흐르는 눈물 같구나

사진 속 웃고 있는 행복한 그대 모습
웃음이 나를 더욱 아프게 하는구나
그대 볼 수 없음에

사랑의 보석

천연의 아름다움은
땅속에 묻어 버리고
하늘에 던져버렸다

사랑하는 님을 만나기 위해
내 몸 태워버렸다

다듬어지지 않은 원석
곱디고운 자태의 보석으로
님의 품에 안길 때까지

천연의 아름다움은
태어나는 순간
던져버렸다

사랑하는 님의 손끝
사랑 생명 불어넣어

피어나는 사랑의 보석

짝사랑

살며시 내 마음
파고든 사랑

마음속 남모르게
키워온 사랑 씨앗

마음으로 만나
아름다운 사랑의 열매
주렁주렁 피울 가슴

마주 보는 마음
애틋하게 전해지네

사랑의 씨앗
남기고 돌아서는
무거운 발걸음 소리
귓가를 맴도네

마음으로 만나고
키워온 내 사랑아

도심 속 인생

오랜만에 터미널에 왔다
터미널 주변의 화려한 네온사인 간판들
그 속에서 난 혼자다
거제에서 버스 타고 오는
아들 마중 나와서

오고 가는 수많은 인파와
정류장을 자기 집 드나들듯
움직이는 여러 대의 버스들

그 버스 속에서 쏟아져 나오는
각기 다른 사연 들고 오는 사람들

시골에서 아들 내외 주려고
한 보따리 인심 가지고 오는
시골 노부부
일자리 찾아 도시로 들어오는
청년의 활기 넘치는 표정
저마다 세상 속으로
발걸음을 재촉하며 옮기는 사람들

고단한 일상 속에서도 지친 몸 이끌고
도심 속의 품으로 찾아드니
회색 밤 도시에 활력이 넘쳐나는구나

다시 한번

기나긴 겨울 한파
매섭게 들이밀더니
님의 눈물 적시려고
엄동설한 눈송이 피웠나

매화꽃 부끄러운 듯
고개 내밀어
님 소식 기다렸건만

봄바람 타고 불어오는 향기
들려오는 낙방의 서글픈 소식

계절은 돌고 도는 물레와 같은 거
동장군 매서운 맛을 보았으니
따사로운 봄 햇살 그립지 아니한가

님의 사랑으로

님의 사랑으로
다시 태어납니다

님의 사랑받기 전에는
한낱 씨앗에 지나지 않았지만
님의 사랑으로 한 송이 꽃으로 피어납니다
님의 온기 가득한 사랑 베풀 때
꽃망울 터뜨려 님에게 진한 향기 내어주고
님의 향기가 내 가슴을 두드릴 때
내 가슴은 님의 것이 되고

님의 고향산천이 내 고향 되고
님이 좋아하는 모든 것들이 내가 좋아하는 것들이 되고
님이 걸어가신 발자취 나 또한 걸어 봅니다
님의 향기 그리워 내 가슴에 그 그리움 담아 가려고

님의 깊은 사랑으로 다시 태어난 나는
살아있는 모든 것들에 사랑의 감정을 느껴보고
사랑의 매력에 푹 빠져 헤어 나오질 못하는군요
너무나 많이 사랑해서

4부

억새

황혼의 삶의 무게 마냥
고개 숙여
오름의 억새 물결 빛나네
그리운 사랑이 내 마음 잡고
눈가에 맺힌 이슬 빛나네

당신과 함께

어제도 만났고
오늘도 만났네

내 마음 흔들어 놓고
내 시간마저 훔쳐 간 사랑이여

만남의 연속은 있어도
채워지지 않는 마음

블랙커피의 씁쓸함에
달콤한 설탕이 제 몸 바쳐
커피 향기 속에 어울림이 되듯

당신 마음 한자리에
변함없는 울타리 집을 지어
당신과 함께 호흡하며
당신의 삶이 내 삶이 되어 살고 싶다

천사의 세상으로 여행을 떠날 때까지

세상 바라보는 눈

세상에 눈을 뜨고
행복의 눈을 뜨네

사랑에 눈을 뜨고
아픔의 눈을 뜨네

마음의 눈을 뜨고
육체의 눈을 뜨네

눈을 뜨고 할 수 있을 때
사랑하자
눈을 뜨고 느낄 수 있을 때
행복하게 지내자

눈을 감고
아무것도 하지 못하는
시간이 찾아오기 전에

나이

저무는 한 해를 보면서
나이 한 살 더 먹는구나 하는 사람들
나이는 먹는 것도 아닌데
사람들은 먹기 싫어도 먹고 있다

젊을 때는 빨리 먹고 싶고
나이 들면 빨리 보다 천천히 더디게 먹고 싶은데
아침을 여는 태양이 태어남을 보이듯
한낮의 뜨거운 태양은 청춘의 삶이 보이고
저무는 노을은 생을 마감하는 듯 보이네

나이는 자연의 굴레와 같아
태양이 뜨는 것과 지는 것을 막을 수 없듯
나이도 그렇게 온다네

밥 한술 더 먹어 나이가 든다고
성인이 되는 것은 아닌데
어떤 삶의 설계도를 그려 하나의 작품을
잘 만드는 것이 중요하거늘

필요에 의해서 만들어진 종이 한 장
사람들은 또 먹고 있다고 생각한다
벽에 걸린 마지막 종이 한 장 떼어내는 것
그 한순간뿐인 것을

그리운 청춘

세월이 흘러 변해버린 너
세월이 흘러도 변함없는 나

시간만 야속하게 흘러
이마에 주름만 훈장처럼
그려져 있고
육체는 늙어 힘들어도
마음은 청춘이라

다시 오지 않을
청춘 오늘도
불러본다
내 사랑아
내 청춘아

갈대의 몸부림

갈대가 운다
바람이 간질거린다

갈대는 춤을 춘다
바람이 전해주는 장단에

갈대는 몸부림친다
은빛 고운 자태 뽐내면서

바람에 사랑 실어
그리운 이에게 전해준다

갈대는 오늘도
흐느껴 운다
그리운 이에게
내 손 잡아달라고

가을비 내리는 길목에서

나 처음 세상을 만났을 때
내 주변에 있는 사람들 모두 웃고 있었지요
저의 맑은 눈동자 맑은 웃음을 보면서

그 웃음과 맑음을
소중하게 간직하고
이 세상 햇살로 채워가면
얼마나 아름다운 세상일까요

시간 흘러 세상이 변하면서
내 주변에 있는 사람들은
하나둘씩 흙으로 돌아가네요

그러니 오면 가는 인생
후회 없이
주변에 사랑을 주고 행복을 주고 기쁨을 주고
베풀어 주면서 살아가요

시간 지나
내가 흙으로 갈 때면
내 주변 사람들은 내게서 받은 온기를
내게 보내겠지요

그 시간을 추억하면서
내 소중한 사람들과
나에게 한번 오고 가는
모든 소중한 것에게
전해봅니다 사랑한다고

시간 속으로

조카의 결혼식
폐백 인사
늙어가는 내 모습
서글픈 생각

나의 청춘은 지금인데
세상은 나를 시간 여행
우리 아들 장가가면
할아버지 소릴 듣겠지

손녀의 재롱에 웃음이 생기고
이마에 주름이 늘어가면

세상에 시간을 이길 수 없다는 것을
느끼며 씁쓸하고 잔잔한 미소를 짓는다

소중한 사람

내 생에 한 번뿐인 삶의 자락에서
하루라도 안 보면 죽을 것 같고
하루를 살고 죽을지라도
자기였으면 좋겠다고
이 세상 나뿐이라고 말해주던
사랑스러운 당신에게
어느 햇살 좋은 날
자기를 바라보며
다가가 살며시
말하고 싶다

하늘이 나에게 주신
가장 소중한 선물인 당신
소중한 사람과 사랑하고
기쁨 나누어 가져서
오늘 하루도 행복하다고

거리두기

적당히 흔적을 남기고
살고 있습니다
적당한 거리로 세상을
살고 있습니다
너무 가까이 가면
달아날까 두려워
적당히 발자국 내려놓고 갑니다
철로 위 같은 곳을 가는
레일처럼 그렇게 가고 싶습니다
적당한 거리에서
손 내밀면 잡을 수 있는
적당한 거리에서
세상과 소통하며
마음을 전해봅니다

계절 2

봄이면 벚꽃
여름이면 장미
화려한 세상에서

노란 꽃망울 울분을 토하고
피워보지 못한 영혼을
바닷속에 묻어두고 돌아선
걸음걸음에 무거워지는
어머님의 쓰라린 고통의 한

계절은 다시 돌고 돌아
다시 내게 오건만
가슴속에 묻어둔 사랑이라
내 사랑은 볼 수 없구나

전하지 못한 편지를
가슴으로 품고
내 사랑으로
언제나 함께 살아간다고
믿음을 가져봅니다

기도 1

회색빛 도시를 벗어나
매섭게 달리던 기차는
곤히 잠든 날
내릴 장소를 알려주지만

우리 삶의 여정은
종착역을 알 수 없는
레일 위의 기차 타고
아직도 진행 중입니다

그대와 나의 동행은
마주 잡은 손 놓으면
만날 수 없는
이별의 끝이 보이네요

당신이 가는 길에

꽃길만 가득하길 바라봅니다
언제나 내 편인 당신을 위해

꽃비

배롱나무의 붉은 물결
고운 잎사귀
고통의 흔적으로
아쉬움을 토해냈다

고목의 은행나무
다가오는 찬바람에
노란 은행잎
말없이 내어주고
꽃비를 내린다

시간은 말없이 흐른다
세월은 시간을 묻고 흐른다
어제의 푸른 잎
오늘은 붉게 노랗게
물들이고
내일을 기다린다
오늘만 살아가는 생이
아니기에

능소화

능소화 보노라니
그리움이 가득하고
기다리고 기다려도
다시 오지 않을
아름다운 내 사랑아

그 아름다움을
곁에 두고 보고 싶다고

담장 너머 손짓하는
꽃잎에 손 내밀었다

비우고 다시 필
꽃잎이지만
향기에 이끌려
눈길을 주고 말았다

부끄러워 속마음
수줍은 아이처럼

입가에 번지는 미소
꽃잎도 웃음 보이듯
진한 향기 보내네

기다림도 애태움도
그리움도
한숨 속에 묻어간다

미련

걸어가는 길목에
우수수 떨구어진 낙엽들
한 나무의 일생을 살아온
푸르른 잎의 삶이
아직은 아니라고 소리치며
다가오는 바람에 애원했다
조금만 더 기다려달라고
기다리던 님 혹시 찾지
못할까 두려우니
그러니 잠시만이라도
날 데려가는 시간을
멈추어 줄 수 없는가 하고
한평생 한 사람만 보고
살아온 인생인데
떨어지는 낙엽에
내 삶도 같이 가는 듯
서럽고 마음이 무겁다오
돌아오지 못할 길을 알기에
더 미련으로나마 잡고
싶다네 사랑하기에

숲

숲이 되자

작은 한 그루 나무도
보듬어 주는 숲
봄이 되면 꽃을 피워 알리고
여름이면 짙은 물감에
하얀 구름 푸른 바다를 품고
가을이면 풍성한 열매를 맺고

겨울이면 죽은 듯 조용히
욕심 없이 삶을 내려놓고

또 다른 봄을 맞이하는
나무
그 나무의 숲이 되고 싶다

홀로 인생길

홀로
살아 있다는 거
홀로
살아간다는 거

세상 오는 날도
홀로이고
살아가는 것도
홀로이며
세상 가는 날도
홀로인 것을

무엇을 위해

내 마음을
쓰는 걸까
돌이켜보면
아무것도 아닌 것을

나 아닌 누군가를 위한
무슨 의미가 있는 걸까

홀로 인생인 것을

인연의 줄

죽음은
준비 없이 오기도 한다
죽음은
기다려
주지도 않는다

떠날 걸 알면서도
그때를 몰라
인사도 제대로 못 한다

미련 두고 가지 말고
미련 없이 보내줄게

그대와 나
이 세상 인연이
여기까진가 보오

나 그대 만나
더 많은 사랑과 행복을
가지지 못함에
눈물만이 그 자리를

메우고 있는 것을 보면
그대는 천생연분
내 사람이오

내 사랑으로
내 사람으로
살아준 당신에게
고마운 인사를 전하오

고맙소
행복했소
미안하오

홀로 먼저 보내는 마음
함께 영원히 할 수 없음에

기다리고 있어주오
머지않아
그대 발길 찾아갈 테니
그리 오랜 시간이 아닐테니

억새

돌담 너머
쪽빛 담은 푸른 바다
오름에 출렁이는 은빛바다

햇살 받아
눈부신 오름 바다
바람에 몸을 맡기고

너와 나
누구라도 인생샷
이 시간 잡고 싶은
청춘 남녀 사랑 이야기
황혼의 삶의 무게 마냥
고개 숙여
오름의 억새 물결 빛나네
그리운 사랑이 내 마음 잡고
눈가에 맺힌 이슬 빛나네

작은 집

작은 공간 새집을 지은
당신
답답하지는 않는지요
좁디좁아
덥지는 아니 한가요
찾아오는 이 없어
외롭고 춥지는 않는가요
당신을 작은 집에 두고 오는
내 마음은 아프다오
보여줄 수 없어 아프고
잡아줄 수 없어 힘들다오
곁에 있는 거 같아도
아무것도 할 수 없는
나와 당신
우리는 그저 웃어요
보이지 않는 미소로
서로를 그리워하면서

하늘에서 전하는 눈물

이 세상 사랑을 남기고
가는 힘든 당신에게

부족하기만 했던 우리 사랑
이 세상에서 못다 한 우리 사랑
당신의 고운 얼굴과 웃음도
인생의 한 추억으로 기억되겠지만
아파하지 않을게

아픔 없고 이별 없는 세상에
우리 다시 만나면 되니까

내리는 비를 보면
보고 싶어 흘린 눈물이라고
천둥번개 소리 들으면
보고 싶어 울부짖는 목소리라고

그리움에 지쳐 힘들어도

내가 소풍 가는 날이면
잊지 않고 나를 반겨줘
홀로 지낸 그리움
들려줄 테니까

회상

멈출 거 같은 시간 지나
당신을 만나고 보니
고맙다고 말하고 싶고
미안하다 전하고 싶다

당신과의 다툼 속
미움도 나에게는 사랑일까
그리움이 커지는 걸 보면

당신에게 부족했던 사랑도
아픔으로 남아 내 마음에
다가와 울리지만
그 모든 것이 사랑이었다는 것을
당신을 만나고 돌아서 오는
걸음에 알았다오

언젠가는 다시 만날
인연의 우리
그때까지 나 열심히
살다 당신 찾아갈게요
부디 날 용서하고 안아주오
사랑한다

흔적

내 생애 끝에는
사랑하는 사람에게
보고 싶은 사람으로
남아 있고 싶다
마지막으로
보고 싶은 사람이
나에게는 누구일까
마지막으로
사랑하는 사람에게
기억하는 사람으로
남고 싶다

마지막으로
내 손잡아 줄 사람은
누구일까

희야 보내고 한 해가 되는
희야 생각에 눈물이 난다
나 갈 때는 사랑하는 희야도
없는데…

기도 2

아프지 마라
울지도 마라
세상에
믿음으로 견디는
아름다운 사람아

언제부턴가
그대 향한 마음이
진심이었음을
기도합니다

매일매일
기도하는 간절한 마음
들어주실까 이루어질까
오늘도 기도합니다

작은 음악회

난로 위 주전자
제 몸 달구어 물을
데운다
시간 흘러 온몸으로
소리친다
삐익 삐익 덜그럭덜그럭
뚜껑은 일어섰다 앉았다
기지개 펴고
주둥이는 입김을 내뱉고
박자에 맞춰 난로 위
작은 음악회를 열어
그 어떤 무대보다
뜨거운 열정을 토해낸다
식을 줄 모르는 사랑처럼

풋사랑

책상 속 엽서 한 장
세월 지나 만나는 소식
어릴 적 풋사랑 담은
부끄러움 담긴 사연
지나온 시간에
얼굴에 웃음이 나온다
나도 한때
뜨거운 청춘이 있었다고
마음은 언제나
손글씨
써 내려가던 청춘

하나의 복

잇몸이 부어 아픔을 본다
먹는 행복을 빼앗아 가버린 통증
고통을 화로서 토해낸다
선홍빛 진하게 쏟아낸다
오복 중 먹는 복을 잃어버려
마음이 아프다
좋아하는 갈비도 못 먹고
좋아하는 산낙지도 먹지 못해
전쟁을 선포한다
뽑아 버리겠다고
아픔은 물러가고 빈자리는
찬 바람만 지나다니겠지요
승리는 먹는 즐거움으로
보답하네
다시 찾은 오복의 하나요
매일 감사하며 살아야겠다

당신의 자리

삶이 고단함을 느낄 때
그까짓 게 뭐라고
힘든 마음을 다스립니다
소중함을 기억합니다
마음먹기 나름인 것을
오늘 하루도 고생했어
어깨를 토닥여 주는
나의 소중한 사람아
당신이 있어
힘든 시간도 견딥니다
당신이 있어
얼굴에 웃음꽃을 피웁니다
지는 노을 속 아름다움을
봅니다 당신과 함께

5부

인생 졸업

눈을 감고 돌아보면
밀려오는 후회 속에
하염없는 눈물만 가득
그러나
평등하게 졸업은 온다

철없이 흘러온
―아내에게

철없던 만남
마냥 웃고 행복할 줄 알았네
부끄럽게 내민 손 잡아주며
사랑이라는 행복한 시간을 그렸지
마주 보고 있어도 웃음이 행복이
예쁜 미소만 얼굴 가득하였네
삶이 순탄하게 흘러가는
시간처럼 그렇게 우리는 행복만 그렸지
때론 소나기도 만나고
내리쬐는 강렬한 태양도 만나고
먹구름 지나가듯 우리 사이 아픔도
스쳐가곤 하였지 우리 사랑 시샘이라도 하듯
사랑이라는 이름으로 당신을 사랑하고
행복이라는 당신의 사랑이 되고 싶었습니다
감사합니다 무능한 나를 만나
이쁜 사랑으로 나를 위해주는 당신이
무척 좋습니다 무척 사랑스럽고 사랑합니다

내 사랑아
곱게 잡은 손 꼬옥 붙들고
행복한 인생을 살아봐요
사랑합니다 당신을
사랑합니다 내 사랑 당신을

천년 사랑

나
너를 만나는 순간
알아버렸네

너의 사랑을
너의 하나뿐인 사람을…

저 하늘에
태양과 달이
영원하듯

우리
가슴속 사랑은
태양의 햇살 아래 뜨거워지고
달님의 온화한 빛에 풍부해지니
별들도 응원해 주는구려
우리 사랑의 행복을 밝게 비추어 주려고…

천년 사랑은
너와의 만남으로 시작되었다
지금 이 순간

너를 만나는 순간…

시간 3

인생은 타이밍이다
수없이 오가는 시간 속
나와 맞춰서 일어나는
기회의 순간이다

오늘 사는 이유는
어제를 기억하고
내일의 기회를 잡는 거

너와 나
언제나 함께 가는
시간의 연속이자
일부이다

잃어버린 우산

우산 박스에 놓인
댕댕이 검정 우산

이름 없는 슬픈 우산
잃어버린 주인 기다리며
울음도 빗물에 씻겨 내리고

하루의 고단함을
녹여 내려놓는다

행여 찾는 걸음에
쏟아지는 빗방울 속
젖을까 노심초사
당신을 기다리며

언제쯤 날 찾아올까나
비는 지금도 내리고 있는데
날 잊어버린 것은 아닌가
슬픔에 눈물 흘린다

운무의 아침

고즈넉한 산사에
걸처진 운무의 간지럼을 느껴보았나
해맑은 아이의 웃음소리가 이러할까

흐트러진 내 마음을 청소라도 하듯
운무는 내 몸을 스쳐간다

차가운 듯 느껴지지만
엄마의 포근함처럼 내 마음 잡아주네

산 아래 호숫가에
피어 나는 물안개는 잔잔한 미소 머금고
살며시 고개 들어 수줍은 듯 나를 보네

조용한 아침을 맞이하며
운무도 물안개도 소리 없이
내 마음속으로 들어왔네

두 눈 감고 느껴보는 아늑함을
그리고
내 마음의 순화된 모습을

동쪽 바다 끝 붉게 물든 해가 모습을 보이면
누구에게 들킬세라
언제 그랬는지 살며시 자취를 감추네
내 번민과 함께…

남이 되어버렸습니다

사랑하는 사람을
보내고 나니
남보다 못한 남이 되었습니다

인연의 끈이 끊어지고
남보다 못한 남이 되었습니다

세상 유일한 인연을
잃어버린 지금
그대들과 남이 되었습니다

넓은 세상에서
한 사람으로 인연이
만들어지고 울타리 되어
서로의 끈이 이어졌는데

지금은 잡고 있던 끈
인연의 손을 놓아버렸네요
더 이상 울타리 속
인연이 아니라면서

그 어떤 남보다 더
아픈 남이 되어버렸습니다
가슴 한쪽이 아파지네요
뜨거운 인연을 보내고 나니
남이 되어 버린 현실에

나를 위한

제빵왕의 꿈을 먹는다
빵을 굽는 미래를 먹는다

투표용 도장은
행복의 꿈을 위해 먹고
빨간 인주는
민주주의 꽃을 위해 먹는다

너와 내가 주는
한 표 속으로
간절한 꿈을 먹자

피울 수 있는
청년의 꿈을 먹고
노년복지의 꿈을 먹어
이루어보자
아름다운 세상을

혼

결혼은 혼이 만나
하나 됨을 축복하고
이혼은 혼이 나가
둘이 하나 됨을 남기고

결혼은 혼이 만나
서로의 영혼이 함께
하나의 삶을 이루는 거

이혼은
댓어진 영혼이 함께
하나의 삶을 이루지 못하는 거

행복한 결혼이란
근본이 다른 혼이
서로 아껴주고 위해주는
사랑의 결실을 통해
행복한 인연을 만들어
가는 것이 아닐까요
사랑으로 하나 됨을

간절함

희야
불러도 대답 없고
소리쳐도 들리지 않는
내 사랑 희야가
간절히 보고 싶다

내 사랑아
날 두고 가지 말아요
멀어지는 당신 보기 힘들어요

내 사랑아
날 혼자 두지 말아요
무서워 그 자리에 망부석 되리오

희야 내 사랑
말없이 가신 걸음에
고통이 눈물로
견디기 힘들 거 같아요

힘없이 눈길로 잡아준
뜨거웠던 손길
가슴속 심장을 울리고
차갑게 다가와 곁에
머문 내 사랑 희야가
간절히 보고 싶다

구름사랑

언제부턴가
하늘을 올려보는 버릇이 생겼다
맑은 하늘일 때는 내 마음도 맑음이고
가끔 구름이 지나가는 날은
누군가 몹시 그리움에 흔들리고
천지가 검은 잿빛 구름일 때는
갈 곳 잃고 방황하는 내 마음 같아
하늘 구름에 인생을 보며
라디오에서 흘러나오는 옛 가락에
지나온 화려한 추억을 소환하여
떠나간 인연을 그려본다
구름이 흩어져 어디론가 떠나듯
떠나간 시간 따라 돌아오지 않는
고운 구름은 그리운 님 닮고
솜털 구름은 고운 색시 닮아
오늘도 내 눈을 흔들고 가네

영원한 사랑

날씨가 추운 만큼
마음도 춥구나
바람이 세찬만큼
아픔도 컸구나
돌아오지 않을 길을 간
사랑하는 사람은
내 마음속에서
단 한 번도 떠난 적이 없구나
내 마음이 아프고 눈물이 나는 걸 보면 말이다
언제나 내 마음에 함께 살아가는 것을

보이지도
잡을 수도
소리쳐도 들을 수 없는
멀고도 가까운 곳에
내 님은 영원히 나와 함께
삶을 살아가는 것을 잊지 말자
사랑한다

홀로 남겨질 사랑

사랑이가 말했다
자기에게는 나뿐이라고
나도 자기뿐인데라고
시간 지나 자식들은
짝 찾아가고 나면
내 곁에는 아무도 없다
웃음을 주고
슬픔을 나누고
눈물을 닦아줄
사랑하는 이는
그랬구나
사랑이는 알았구나
바보 같은 난 몰랐네

이전에 어두운 방
혼자 남겨져 있을 때
무섭다는 생각이 들었다
현실이 되고 보니
정말 무섭다
외로움이 사람을
힘들게 하는 것을

병실에 누워 혼자서
얼마나 무섭고
괴로웠을까 눈물을
끝없이 쏟아내도
아픔이 무서움이 서러움이
가시지 않았을 텐데
그 힘든 시간을 나누어
가질 수 없는 현실이
가슴 아프다오
심장을 도려내어
살릴 수 있다면
그렇다면
할 텐데…

사랑하는 이별

나를 세상으로 보내 주신
큰 선물

결혼 전은 부모님에게 감사하고
결혼 후는 배우자에게 감사하며

행복한 인생을 살다가
갑작스러운
이별이

부모님을 보내는 마음
든든한 기둥을 잃어버린 아픔이고

자식을 보내는 마음
가슴에 묻고 사는 아픔이고

사랑하는 사람을
배우자를 보내는 마음은
인생의 반을 잃어버린
더 큰 아픔입니다

천생연분으로 지낼 단 한 사람
동반자를 보내고 사는 마음
견디기 힘이 듭니다
큰 사랑을 보내고 난 후

큰 죄

생애 아픔 중
동반자를 떠나보내는 아픔이
최고의 아픔인 것을
눈물이 나도
소리쳐 불러도
달려가 보아도
아무것도 없는
내 심장을 도려낸 듯한
큰 아픔으로 다가옵니다
사랑하는 사람을
홀로 보낸 것은
제 인생에
큰 죄를 짓는 거 같습니다

추억

슬픔은 남아 있는 자의 몫
살아 있는 자 살아가는 동안
떠나간 이 울음을 아픔을
달래주는 거

남아 있는 자 육체의 고통보다
마음의 고통이 힘들다
사랑도 육체의 사랑보다
영혼의 사랑이 뜨거운 법

떠나간 이 추억을 기억하며
살아 있는 자 추억을 먹고 산다
돌릴 수 없는 진실이지만
시간은 추억한다 살아 있으매

인생 졸업장

세상이란 인생으로
입학하여 삶을 시작하고

낯설고 새로운 세상 속
어머님 손길로 보호받고
온실 화초 예쁜 인생

가끔 갈림길에서
어려운 숙제도 풀고
고뇌하며 성장하지만

다 배웠던
못 배웠던
졸업은 온다

눈을 감고 돌아보면
밀려오는 후회 속에
하염없는 눈물만 가득
그러나
평등하게 졸업은 온다

문자

나에게 관심 주는 안부 문자
세상을 이어주는 이쁜 문자

너에게 보내는 웃음 문자
이쁨받고 싶어 보낸 문자

당신에게 보내는 행복 문자
답장 없는 문자 알지만
천사에게 전하는 마음 문자

기다리고 기다리며
기대해 보는 설렘 문자
슬픔과 기쁨이 오가고
웃으면서 나누는 문자

오늘도 보낸다
돌아오지 않을 문자를

슬픈 사랑가

하늘에서 내려오는 손님
작은 체구에서 날개도 없이
단짝 찾아오듯
대지의 작은 구멍으로 젖어드네

마음의 안식처를
잃어버린 어린 마음
내리는 비로 눈물도 젖어
천근만근 무거운 마음

내리는 눈물에
파도 앞 모래성 마냥
님 사랑 녹아내리네

님과 함께한 사랑 퍼즐
조각난 거울에 흩어진 마음 조각

이 슬픔 묻어가려고
작은 손님 불렀던가

개구리울음 장단 맞춰
님 향한 슬픈 사랑가 부르네

작은 새의 행복

큰 해송 위에 작은 집 짓고
지내온 한 해 두 해 이 건만
인적 없고 찾아오는 이 적어
한번 다녀가신
님 생각하며
견뎌온 세월이지만

긴 시간 애달픈 마음이 전해졌나
기다리던 님의 발걸음에
초라하고 작은 집도
황제의 궁궐이 부럽지 않고
고운 깃털의 내 님은 몸을 녹이고
사랑을 속삭이니

내 마음에도 행복이 샘솟네

해맑은 웃음소리
들려오고
다녀가신 님의 발자취에
작은 집에는 행복이 가득하네

생일

세상 향해 소리치며
울던 오늘
내 생일이다

살아 있어
미역국 챙겨 먹는
오늘 하루
내 생일이다

또 다른 오늘의 내일은
살아있는
오늘이 존재하기에
내 생일이다

살아있는 나를
축복하기에
매일매일
생일빵을 먹는다

변하는 날씨

부는 바람이
내 아픔을 더하고

내리는 햇살
나의 아픔을 달래주네

스쳐가는 구름
내 슬픔도 걷어가며

날리는 진눈깨비
내 영혼을 깨우네

널어놓았던 빨래
뽀송뽀송 포근함을 주듯
속앓이 몸뚱어리 안식을 찾고
눈가에 웃음이 머무르네

돌아오지 않는 길

즐기려고 떠난 길
돌아오지 못한 길
피워보지 못한 꽃
고통 속에 숨죽인 청춘
사랑한다 한마디
못하고
대답 없는 이름만
허공에 부른다
맛있는 거
즐거운 거
함께하자 손가락 하트
약속하고 보낸 길
다시 볼 수 없는
그 길

꽃다운 청춘남녀
영혼이라도 행복하길

짐

살아있으니 행복이요
즐길 수 있으니 감사함이요
생각할 수 있으니 기쁨이요

가진 거 없이 왔다가
가진 거 없이 가건만
돈이 뭔지 건강을 위협하고
건강이 무너지니 삶의 끝인 것을
그대와 나
가진 거라곤 몸뚱어리뿐
건강하게 지내자 말하고선
미련한 바보같이 무심하게
그렇게 가버렸네요
아직 준비도 안 된 나에게
혼자 힘든 짐을 내려놓고

동녘 하늘 별

고요한 밤 반짝이는 별
그리움 안고 빛나고

잔잔한 밤 그윽한 달빛
외로움 털어 버리듯
수줍음 안고 미소 띤다

내 마음 묻어둔 별
그리운 사람 보고플 때
동녘 바람 타고 얼굴 내미네

밤하늘에 물어본다
사랑하는 님에게로
그리움을 실어 보내는지

낙엽

모진 바람에 힘없이
나뒹구는 그대들 몸짓은
내 마음으로 들어오고

내 마음 묻어둔 사랑은
책갈피 묻어둔 낙엽으로
다가오네

생명을 내려놓은 낙엽
빨갛게 새 생명으로 거듭나며

힘없이 나뒹구는 그대들 몸짓은
님 향한 애절한 몸부림이며
님 향해 울부짖는 사랑이어라

커피 향

차가운 컵에
뜨거운 온기를 담는다
한파에 힘을 잃은
검은 빛깔 커피는
온몸으로 뜨거움에
제 몸 녹여 호흡하며
그대 향한 헌신적인
사랑이라고 속삭여본다
식을 줄 모르는 사랑으로
다가서고 싶은 마음
시간 지나 식어가는 온기처럼
내 마음 흔들리지 않을 테야
커피의 진한 향기처럼
내 사랑도 그대 마음속
스며들어 피어 날 겁니다
커피의 향기처럼

나의 별

추운 바람 들까 닫아 두었던
창문을 열고 바라본
빛나는 조그마한 별

그대와 함께 키워온 사랑별

언제나 그 자리에서 빛을 밝히지만
너무 먼 거리 눈으로만 만날 수 있는 별

기다림은 그리움을 낳고
인고의 시간이 흘러
사랑의 깊이를 알게 해준
그대와 나만의 별

이 밤 사랑하는 별에게 물어본다
그대 향해 은하수 징검다리 수놓아
내 마음 전하고 싶다고

나는 원한다
언제나 그대의 가슴에서
빛나는 별이 되고 싶다